교과서 속

세계 명작

정글 북

교과서 속
세계 명작

정글 북

초판 1쇄 2014년 5월 10일
원작 러드야드 키플링
글 책글놀이
그림 미나 한
펴낸이 조영진
펴낸곳 고래가숨쉬는도서관
출판등록 제406-2012-000082호
주소 경기도 파주시 문발로 115, 302호(문발동, 세종출판벤처타운)
전화 031-944-9680
팩스 031-945-9680
홈페이지 www.goraebook.com

ISBN 978-89-97165-65-0 64800
ISBN 978-89-97165-60-5 64800(세트)

교과서 속 세계 명작

정글 북

원작 러드야드 키플링
글 책글놀이 그림 미나 한

고래가 숨쉬는
도서관

책 읽는 것은 재밌는데 독후감 쓰기는 싫은 친구는 없나요? 분명 있을 거예요. 그 런데 어른들은 책을 읽고 나면 꼭 느낌을 물어보고, 독후감 쓰기를 강요하지요. 왜 그러냐고요? 독서만큼이나 '쓰기'도 중요하거든요. 쓰기는 반드시 훈련이 필요하답 니다. 아무리 책을 많이 읽어도, 말을 잘 해도, 쓰기 훈련이 되어 있지 않으면 마음 먹은 대로 글을 쓸 수가 없어요. 이제부터 차근차근 독후감 쓰기 연습을 해 보아요.

■ 독서 전 활동 두근두근, 어떤 이야기가 펼쳐질까?

예를 들어 오늘 읽을 책으로 '레 미제라블'을 고른다면 무슨 생각부터 할까요? '레 미제라블'이 도대체 무슨 뜻일까, 지은이는 누구일까, 어떤 이야기일까, 이것 저것 궁금하지 않을까요? 그래요. 책 읽기는 이러한 궁금증부터 시작한답니다. 그 런 뒤 다음의 활동들이 따라요.
- 책 제목과 표지 그림을 보고 어떤 이야기가 펼쳐질지 상상해 보아요.
- 책 표지와 뒤표지에 있는 글을 읽은 다음, 차례도 순서대로 읽어 보아요.
- 책을 펼쳐 그림만 쭉 보면서 책 내용을 상상해 보아요.

엄마 가이드 글을 잘 쓰기 위한 가장 중요한 비법은 무엇일까요? 막상 책을 덮고 글을 쓰려고 하면 아무런 생각도 나지 않은 경험이 있지요? 우리 어린이들도 마찬가지랍니다. 따라서 다양한 방법으로 독서 전에 흥미와 관심을 유발시켜 주세요. 과학책이나 역사책 등 지식 정보 책을 읽기 싫어하면 관심 있는 주제부터 먼저 읽도록 권해 주세요.

■ 독서 중 활동 재밌는 곳은 포스트잇을 빵빵!

책을 읽다가 재미난 장면이나 감동 깊은 장면이 있다면 포스트잇을 빵 붙여요. 중요한 장면에도 포스트잇을 빵 붙여요. 한 번 읽었다고 해서 휙 던져 버릴 것이 아니라 이렇게 저렇게 훑어보고 이야기를 하다 보면 자연스럽게 느낀 점도 말하기 쉽고 글감도 형성된답니다.
- 재미있는 장면이나 중요한 장면이 나올 때마다 포스트잇을 붙여요.

- 두 번째 읽을 때는 포스트잇이 붙어 있는 부분만 골라서 내용을 엮어 보아요.
- 그중 인상 깊은 장면을 세 가지 정도 골라 보아요.
- 감동을 받거나 새롭게 알게 된 사실 등은 다른 색깔로 포스트잇을 붙여요.

■ 독서 후 활동 **다양한 활동으로 기억 남기기**

- 명장면을 따라 그려요.
- 순서대로 중요 장면을 몇 장면 정해서 그리거나 글로 써 보아요.
- 등장인물을 그림으로 그리고 소개해요(옷, 신분, 나이, 대사 등).
- 마음에 드는 구절을 옮겨 써 보고, 내 생각도 덧붙여 보아요.
- 주인공에게 위로의 편지를 써 보아요.
- 다른 사람에게 읽은 책을 추천하고 그 이유도 세 가지 정도 써 보아요.
- 마인드 맵으로 이야기의 소재나 주제를 소개해요.
- 상상력을 펼쳐 뒷이야기를 써 보아요.
- 주인공을 내 이름으로 바꿔 새로운 이야기를 엮어 보아요.
- 주인공이나 줄거리, 배경 등이 비슷한 책을 함께 소개해요.

■ 세계 명작을 읽으며 글쓰기 실력 쑥쑥 늘려요!

오랜 시간 동안 세계 여러 나라 사람들에게 사랑받아 온 세계 명작에는 시대와 나라를 뛰어넘는 인류의 보편적 가치관과 철학이 담겨 있어요. 우리 조상들의 지혜가 담겨 있는 우리고전과 마찬가지로 세계 명작을 통해 우리 어린이들은 어려움을 이겨 내는 용기와 서로 돕는 아름다운 마음씨, 다른 사람에 대한 배려와 예의 등을 자연스럽게 익힐 수 있지요. 세계 명작 속 등장인물이 되어 이야기를 따라가다 보면 읽는 즐거움은 물론 집중력과 상상력까지 길러 준답니다. 세계 명작의 줄거리를 파악하고, 그 안에 담긴 주제의식이나 우리와는 다른 여러 나라의 생활과 풍습, 문화 등에 대해 생각해 보고 독후감 쓰기를 하다 보면 글쓰기 실력도 쑥쑥 늘어날 거예요.

차례

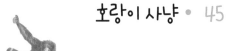

정글 북

개구리 모글리

인도 시오니 산에 저녁이 찾아오자 아빠 늑대는 슬슬 사냥을 나설 준비를 했어요. 엄마 늑대 곁에서 세상모르게 잠들어 있던 새끼들도 하나둘 잠에서 깨어났어요. 그때 덥수룩한 꼬리를 가진 그림자 하나가 동굴로 머리를 들이밀었어요.

"이 동굴에 행운이 함께하길 빕니다."

음식 찌꺼기를 찾아 이곳저곳 기웃거리는 자칼 타바키였어요. 시오니 산의 늑대들은 타바키를 썩 좋아하지 않았어요. 교활한 데다 늘 못된 짓을 일삼기 때문이었어요.

"여기에 네가 먹을 것이라고는 없어."

아빠 늑대가 낮게 으르렁거리며 말했어요.

"말라비틀어진 뼈다귀라도 저는 감지덕지랍니다."

타바키는 기어이 동굴 안쪽으로 들어와 늑대들이 먹다 버린 사슴 뼈를 찾아 빠득빠득 씹었어요.

"참, 소식 들었나요? 시어칸이 사냥터를 이곳으로 옮겼어요."

타바키가 아쉬운 듯 혀로 입가를 핥으며 말했어요.

시어칸은 와잉궁가 강 근처에 사는 호랑이였지요.

"뭐? 시어칸이 이곳으로 옮겨 왔다고? 사냥터를 옮기고 싶으면 정글의 법칙에 따라 미리 경고를 보내야 하잖아."

타바키의 말에 아빠 늑대는 화를 벌컥 냈어요.

"시어칸은 태어날 때부터 절름발이라 이제껏 느림뱅이 소나 사냥했지. 틀림없이 와잉궁가 마을 사람들을 화나게 해서 이곳으로 도망쳐 왔을 거야. 보나마나 앞으로 이곳 사람들도 화나게 할 테고, 곧 사람들을 정글로 불러들이겠지. 그러면 고맙게도 우리는 새끼들을 데리고 이곳을 떠나야 해."

"가서 엄마 늑대가 시어칸에게 고마워한다고 전할게요."

타바키는 깐죽거리면서 동굴을 나갔어요.

그때 골짜기 아래에서 굶주린 호랑이의 울음소리가 들렸어요.

"어리석은 녀석! 사슴들이 듣고 다 도망가겠군."

아빠 늑대가 코웃음을 쳤어요. 하지만 엄마 늑대는 귀를 쫑긋 세우며 말했어요.

"쉿! 오늘 시어칸의 사냥감은 사슴이 아니라 인간이에요."

시어칸의 울음소리에 인간들의 소란스러운 목소리가 섞여 들렸어요. 그때 "어흥!" 하고 골짜기를 뒤흔드는 큰 울음소리가 들리더니, 곧 무언가에 깜짝 놀랐는지 꽁무니를 빼는 소리가 들렸어요.

"시어칸이 먹이를 놓쳤어. 나무꾼의 모닥불에 혼쭐이 난 모양

이로군.”

아빠 늑대가 입구로 나가 바깥의 동정을 살폈어요.

“저기 언덕을 봐. 누군가 올라오고 있어.”

아빠 늑대는 몸을 잔뜩 웅크리고 공격할 태세를 갖추었어요.
하지만 덤불을 헤치고 나온 것은 이제 막 걷기 시작한 인간의 아
이였어요.

“맙소사! 인간의 새끼야.”

아이는 아빠 늑대를 보고도 무서워하지 않고 활짝 웃었어요.

동굴 입구로 나온 엄마 늑대는 아이를 신기하게 바라보았어요.

"이게 인간의 새끼구나. 몸에 털은 없고 온통 맨살이야."

"시어칸을 따돌리고 오다니 대단한 녀석이야."

아빠 늑대도 아이를 관찰하며 빙그레 웃었어요.

그때 시어칸이 동굴 입구로 머리를 들이밀었어요.

하지만 동굴 입구가 좁아 더는 들어오지 못했어요.

"시어칸의 방문을 받다니 참으로 영광입니다. 늑대 동굴에는 무얼 찾아 오셨는지요?"

아빠 늑대가 시어칸을 보고 조롱하듯 말했어요. 시어칸은 낮게 가르랑거리며 말했어요.

"인간의 새끼가 이리로 들어왔지? 어서 내놔."

하지만 아빠 늑대는 코웃음을 치며 그 말을 무시했어요.

"흥! 늑대는 자유로운 종족이라 누구의 말도 듣지 않아. 소나 잡아먹는 호랑이의 말이라면 상대할 가치도 없지."

시어칸은 버럭 화를 냈어요.

"네가 감히 나 시어칸의 말을 무시하는 것이냐? 인간의 새끼는 내 거야. 당장 내놔!"

그러자 이번에는 엄마 늑대가 앞으로 나섰어요.

"이봐, 절름발이! 이 아이는 우리 동굴로 걸어 들어왔어. 앞으로 이 아이는 내 새끼들과 함께 뛰놀고 사냥을 배울 거야. 그러니 우리 동굴에서 당장 네 머리를 치워!"

엄마 늑대의 서늘한 말에 시어칸은 슬슬 뒷걸음질을 쳤어요. 엄마 늑대가 새끼를 보호하기 위해 죽을 각오로 덤빈다면 자신이 결코 이길 수 없다는 것을 알았기 때문이지요.

"쳇! 아무리 그래도 다른 늑대들이 인간을 받아들일까?"

시어칸은 아쉬운 듯 소리치고 덤불 너머로 물러갔어요.

그제야 아빠 늑대가 걱정 섞인 목소리로 말했어요.

"우선 대장과 무리에게 이 아이를 보여야 해. 무리가 허락해야 우리 새끼들과 함께 키울 수 있어."

"이 아이는 우리 새끼들과 함께 무럭무럭 자랄 거예요. 봐요, 벌써 젖 하나를 빨고 있어요. 어린 개구리 같지 않아요? 개구리 모글리, 이 아이의 이름은 이제부터 모글리예요."

엄마 늑대는 젖을 물고 있는 아이를 따뜻한 눈길로 바라보았어요.

보름달이 뜨자, 늑대들이 새끼들을 데리고 총회에 하나둘 모여들었어요. 이 총회에서 새끼들을 보여야만 혼자 힘으로 사냥하기 전까지 모두에게 보호를 받을 수 있어요. 아빠 늑대와 엄마 늑대도 새끼들과 모글리를 데리고 총회가 열리는 언덕 바위로 데려갔어요.

무리를 이끄는 '고독한 늑대' 아켈라가 바위 위에 배를 깔고 앉아 있고, 그 아래로 마흔 마리 정도 되는 늑대들이 앉아 있었어요. 아켈라가 침묵을 깨고 큰 소리로 말했어요.

"자유족이여, 자유족의 법칙에 따라 이곳에 모인 새끼들을 잘 보고 기억하길 바라오."

엄마 늑대도 긴장된 표정으로 모글리를 한가운데로 내보냈어요. 모글리는 늑대들을 전혀 무서워하지 않고 달빛 아래서 자갈을 가지고 놀며 천진하게 웃었어요.

그때 바위 뒤에서 시어칸의 낮은 목소리가 들렸어요.

"그 인간의 아이는 내 거야. 당장 나에게 보내!"

아켈라는 한쪽 눈을 치켜뜨고 다시 목소리를 가다듬었어요.

"우리는 자유족이오. 자유족 이외의 말은 듣지 않소. 늑대들이여, 저 아이를 잘 기억하시오."

그러자 젊은 늑대 한 마리가 불평했어요.

"인간의 아이를 무리 속에서 키우겠다고요? 말도 안 돼요."

그 순간 늑대는 아니지만 총회에 참석할 수 있는 자격을 가진 갈색 곰 발루가 뒷발로 일어나 말했어요.

"여러분에게 절대로 해를 끼치지 않을 거예요. 제가 이 아이에게 정글의 법칙을 가르치겠습니다."

발루는 늑대 새끼들에게 정글의 법칙을 가르치는 나이 많은 곰이었어요. 아켈라는 발루의 말에 흡족한 미소를 지었어요.

"자, 누가 또 이 아이를 변호해 주겠소?"

그때 무리의 한가운데로 검은 그림자가 훌쩍 뛰어내렸어요. 흑표범 바기라였어요. 영리하면서도 용맹한 바기라가 낮고 부드러운 목소리로 말했어요.

"저는 발언권이 없지만, 정글의 법칙에 따라 이 아이의 목숨을 위해 제가 사냥한 황소 한 마리를 내놓겠습니다. 털도 나지 않은 불쌍한 아이를 죽이는 것은 참으로 부끄러운 일이니까요."

바기라까지 모글리를 변호하자 늑대들은 술렁거렸어요.

"어차피 겨울비에 얼어 죽을 거야."

"그래, 까짓 무리에 끼워 주자고!"

모든 상황을 지켜본 아켈라가 다시 느리게 말했어요.

"자유족들이여, 저 아이를 잘 기억하시오!"

늦대들은 가까이 다가가 모글리를 들여다보고 언덕 바위를 떠났어요. 모글리를 넘겨받지 못한 시어칸도 분노에 찬 울부짖음을 길게 늘어뜨리며 멀어져 갔지요.

아켈라는 아빠 늑대와 엄마 늑대를 보며 차분하게 말했어요.

"인간의 아이는 매우 영리하지. 언젠가는 이 아이가 우리를 도울 거야. 이제 아이를 데려가서 자유족으로 잘 키우게."

정글의 법칙

시간은 빠르게 흘러 모글리가 정글에 들어온 지 십 년이 훌쩍 지났어요. 아빠 늑대는 모글리가 정글에서 살아갈 수 있도록 많은 것을 가르쳐 주었어요.

풀잎 바스락거리는 소리, 밤공기가 움직이는 소리, 머리 위에서 들려오는 올빼미 소리, 물고기들이 튀어 오르는 소리 등. 영리한 모글리는 그 소리들을 금세 구분할 수 있었어요.

갈색 곰 발루와 흑표범 바기라도 모글리의 좋은 스승이었어요. 발루는 모글리가 다른 늑대 형제들보다 많은 것을 기억할 수 있다는 사실에 매우 기뻐했어요. 발루는 모글리에게 숲의 법칙과 물의 법칙을 모두 가르쳤어요. 벌집에서 꿀을 꺼낼 때 벌들에게 공손히 부탁하는 법과 물웅덩이에 뛰어들기 전에 물뱀에게 경고하는 법도 가르쳤어요.

발루는 모글리를 엄하게 가르쳤어요. 모글리가 조금이라도 게으름을 피우거나 꾀를 부리면 매를 들고 크게 야단을 쳤어요.

그러던 어느 날이었어요.

"발루! 나는 나무도 잘 타고 다른 늑대 형제들처럼 사냥도 할 수 있어. 정글의 법칙 따위는 이제 그만 배울 거야."

모글리가 그만 소리를 빽 지르고 달아나 버렸어요.

나무 위에 앉아 있던 바기라가 발루에게 말했어요.

"발루, 당신은 너무 엄한 선생이야. 모글리는 아직 어려. 천천히 가르쳐도 되잖아. 모글리 얼굴 좀 봐. 온통 멍투성이야."

하지만 발루는 고개를 휘휘 저었어요.

"정글에서 위험한 일을 만나는 것보다 나한테 맞는 게 나아."

이날 모글리는 부루퉁한 얼굴로 다시 불려 왔어요.

"자, 모글리, 바기라 앞에서 오늘 배운 정글 동물들의 말을 네가 얼마나 잘 외웠는지 보여 주렴."

발루의 말을 듣고 모글리는 자랑하고 싶은 마음에 금세 쾌활한 얼굴로 말했어요.

"어떤 종족의 말을 할까요? 어떤 말이든 할 수 있어요!"

"사냥족의 말을 해 보렴."

발루의 말에 모글리는 곰의 억양으로 사냥족 말을 했어요.

"나와 너는 하나의 핏줄이야."

발루는 흐뭇하게 웃으며 다른 것을 시켰어요.

"이제 새들의 말을 해 보렴."

"나와 너는 하나의 핏줄이야. 휘익!"

모글리는 말끝에 솔개의 휘파람 소리를 넣었어요.

"좋아, 이번에는 뱀족의 말을 해 보렴."

모글리는 물뱀 하티에게 배운 대로 쉿쉿 소리를 내며 뱀족의 말을 했어요. 발루는 매우 흡족한 미소를 지었어요.

"잘했다! 네가 정글 동물들의 말을 두루 알고 있으면 어떤 종족도 너를 해치지 않을 거야."

칭찬에 한껏 기분이 좋아진 모글리가 뽐내듯 말했어요.

"발루, 바기라, 나도 내 종족을 가질 거예요. 대장이 되어서 나무 사이로 내 종족들을 이끌고 다닐 거예요."

모글리의 엉뚱한 말에 발루와 바기라의 표정이 갑자기 딱딱하게 굳었어요.

　"그게 무슨 말이냐, 모글리! 너 혹시 원숭이족 반다로그를 만났니?"

　발루가 버럭 화를 내고 바기라도 성난 표정을 지었기 때문에 모글리는 저도 모르게 목소리가 작아졌어요.

　"아까 발루가 때려서 달아났을 때 회색 원숭이 반다로그들이 나무에서 내려와 날 위로해 줬어요."

　"반다로그와 어울리다니! 정글 동물들은 절대 반다로그와 어울리지 않아. 그건 부끄러운 짓이야. 모글리, 반다로그들과 무슨 말을 나누었지?"

　발루의 책망에 모글리는 순순히 그날 일을 털어놓았어요.

　"회색 원숭이들은 나와 자신들이 피를 나눈 형제라고 했어요. 그래서 나를 무리의 대장으로 삼을 거라고 했어요."

　발루는 모글리의 말을 듣고 고개를 흔들었어요.

　"모글리, 반다로그들은 정글의 법칙을 따르지도 않고 늘 제멋대로 행동해. 나무 위에서 재잘거리며 항상 허풍을 떠는 종족이지. 앞으로 반다로그들과는 눈도 마주치지 않겠다고 약속하렴."

발루의 말이 끝나기가 무섭게 나무 위에서 잔가지와 밤송이들이 떨어졌어요. 반다로그들의 짓이었어요. 하지만 발루는 그러든 말든 눈길조차 주지 않았어요.

"알겠어요. 앞으로는 반다로그들과 절대 놀지 않을게요."

모글리는 잘못을 깨닫고 다시는 반다로그와 어울리지 않으리라 결심했어요.

반다로그

이날 발루와 바기라 사이에서 낮잠을 자던 모글리는 거칠고 단단한 손들이 자신의 몸을 위쪽으로 들어 올리는 느낌에 잠을 깼어요. 덩치가 큰 두 마리의 반다로그가 모글리의 양팔을 한쪽씩 잡고 높은 나뭇가지까지 끌어 올렸어요.

"이 녀석들, 당장 모글리를 내려놔!"

나무 아래서 발루가 쩌렁쩌렁 외쳤어요. 바기라는 날카로운 이빨을 보이며 나뭇가지 사이를 날듯이 쫓아왔어요.

하지만 반다로그들은 나뭇가지를 훌쩍훌쩍 옮기며 바기라를

완전히 따돌렸어요.

"못된 녀석들, 어서 날 내려놔!"

모글리도 발을 버둥거렸지만 양팔이 꽉 잡혀서 도무지 벗어날 수가 없었어요. 난데없는 비행에 속도 메스껍고 어지러웠어요.

모글리는 먹이를 찾기 위해 정글 위를 맴돌고 있는 솔개 칠을 급히 불렀어요.

"나와 너는 하나의 핏줄! 휘익!"

"나와 너는 하나의 핏줄! 휘익! 인간의 아이에 대해 들은 적이 있지. 네 이름이 뭐지?"

칠이 따라서 날아오며 물었어요.

"모글리야. 갈색 곰 발루와 흑표범 바기라에게 내가 어디로 잡혀갔는지 전해 줘!"

모글리는 다급하게 외쳤어요. 칠은 모글리가 잡혀가는 방향을 눈여겨보고는 발루와 바기라를 찾아 높이 날아올랐어요.

한편 발루와 바기라는 눈 깜짝할 사이에 사라진 모글리를 찾느라 애를 태우고 있었어요.

　　"심술궂은 반다로그들이 모글리를 떨어뜨리면 어떡하지?"

　　발루가 절망에 찬 목소리로 말했어요.

　　"모글리는 똑똑하고 용감한 녀석이야. 나는 모글리를 믿어."

　　바기라가 발루를 위로했어요. 그러자 발루가 몸을 벌떡 일으키며 말했어요.

　　"그래, 반다로그가 가장 두려워하는 비단구렁이 카를 찾아가자. 카에게 도움을 청하는 거야."

　　"카는 정글족이 아니야. 우리를 도와주지 않을 거야."

　　바기라가 의심했지만 발루는 확신에 찬 목소리로 말했어요.

　　"나한테 방법이 있어."

　　비단구렁이 카는 바위 턱에서 햇볕을 쬐다 둘의 방문을 받고 반갑게 맞았어요.

　　"이런! 정글 친구들이 웬일로 나를 찾아왔지? 혹시 오늘 내 저녁 먹잇감이라도 봤나?"

　　발루는 일부러 태연하게 인사하며 말했어요.

　　"잘 있었나, 카? 우리는 지금 사냥을 하고 있다네."

"그래? 잘됐군. 나도 데려가 주게. 나이가 많아서 사냥도 예전 같지가 않아. 며칠 전에도 원숭이 새끼를 사냥하다가 꼬리로 나무를 휘감지 못하고 쭉 미끄러지고 말았지."

카의 말에 바기라가 기억을 더듬는 표정으로 말했어요.

"그래, 반다로그들이 자네를 '누런 지렁이'라고 말하더군. 그 녀석들이 자네 이빨이 다 빠졌다고 떠들어 대던걸."

카의 목 근육이 실룩거렸어요. 매우 화가 났다는 표시였어요.

"카, 반다로그들이 인간의 아이를 훔쳐 갔어. 모글리에 대해서는 자네도 들어 봤지? 우리를 도와줄 수 있겠나?"

발루의 공손한 말에 카는 우쭐해져서 고개를 들었어요.

"반다로그들은 늘 버릇을 가르쳐야 해. 나를 누런 지렁이라고 했다고? 자, 반다로그들이 있는 곳으로 나를 안내하게."

그때 솔개 칠이 머리 위를 빙빙 돌며 말했어요.

"갈색 곰 발루, 흑표범 바기라, 여기 있었군. 휘익! 모글리가 자네들을 찾아 자기가 잡혀간 곳을 전해 달라더군. 반다로그들은 강 건너에 있는 원숭이 소굴로 갔어."

칠이 전한 소식에 발루와 바기라와 카는 그길로 원숭이 소굴을 향해 출발했어요. 하지만 얼마 못 가 뚱뚱한 발루가 뒤로 처

졌어요.

"발루, 천천히 따라와."

바기라와 카는 발루를 뒤에 남겨 두고 원숭이 소굴을 향해 전

속력으로 달려갔어요.

반다로그들은 강 건너에 있는 오래된 도시를 소굴로 삼고 있었어요. 언덕 위 무너져 가는 궁전에 모인 원숭이들은 모글리를 납치한 것을 기뻐하며 노래를 부르고 춤을 추었어요. 한쪽에서는 몇몇 원숭이들이 별것도 아닌 일로 트집을 잡아 싸움을 하고 있었어요.

'이 원숭이들은 정말 정신이 하나도 없구나.'

모글리는 지끈지끈한 머리를 흔들었어요.

"난 배가 고파. 먹을 것 좀 가져다줘."

모글리의 말에 반다로그들은 서로 가져다주겠다고 소란을 피웠지만 누구 하나 제대로 된 음식을 가져다주지 않았어요.

그 시간, 모글리를 구

하러 달려온 바기라와 카는 성벽 아래에서 숨을 가다듬으며 공격할 기회를 엿보았어요. 카가 서쪽 벽을 향해 미끄러지듯 나아가며 말했어요.

"자네가 아래쪽을 맡아. 나는 위쪽에서 내려올 테니!"

구름이 달을 완전히 가리자, 바기라는 조용히 언덕을 달려 올라갔어요. 반다로그들이 모글리를 몇 겹으로 둘러싸고 있는 게 보였어요. 바기라는 반다로그들 앞으로 훌쩍 날아올라 닥치는 대로 후려갈기기 시작했어요.

난데없는 공격을 받은 반다로그들은 모글리를 지붕 꼭대기로 데리고 올라가 지붕 구멍으로 떨어뜨렸어요.

"우앗!"

모글리는 4미터가 넘는 구멍 속으로 뚝 떨어졌어요. 바닥에 떨어지자 어둠 속에서 바스락대는 소리가 들렸어요.

"코브라들이야!"

모글리는 급히 뱀족의 말로 인사를 건넸어요.

"너와 나는 피를 나는 형제야."

코브라들은 그 말을 듣고 움직임을 곧바로 멈추었어요.

"형제, 움직이지 말고 가만히 있도록 해. 네 발에 우리가 다칠 수도 있으니 말이야."

모글리는 그제야 안심하고 바깥의 동정을 살폈어요. 바기라의 거친 숨소리와 반다로그들의 끽끽 소리가 들려왔어요. 그때 무너진 담장 쪽에서 쩌렁쩌렁한 고함 소리가 들렸어요. 갈색 곰 발루가 숨을 헐떡이며 막 도착한 거예요.

"이 못된 반다로그들아! 나 발루 님이 오셨다!"

발루는 기합 소리를 내뱉으며 자신을 둘러싼 반다로그들을 퍽퍽 쳐서 멀리 날려 보냈어요. 그 순간 비단구렁이 카가 꿈틀거리며 서쪽 벽을 넘어왔어요. 카의 거대한 몸이 발루를 둘러싼 반다로그들에게 위협적인 일격을 가했어요.

"으악! 카다! 비단구렁이 카야! 어서 도망쳐!"

카를 보고 반다로그들은 공포에 질려 사방으로 흩어졌어요.

"발루! 발루! 바기라! 나 여기 있어!"

모글리가 구멍 안에서 큰 소리로 친구들을 불렀어요. 그러자 카가 거대한 몸을 들어 올려 모글리가 갇혀 있는 건물 벽을 힘차게 때렸어요. 벽이 우르르 무너지자, 그 안에서 모글리가 달려나와 발루와 바기라에게 안겼어요.

"발루, 바기라, 구하러 와 줘서 고마워!"

발루와 바기라도 웃으며 모글리를 보듬어 주었어요.

모글리는 자신을 구하러 온 카에게도 감사 인사를 했어요.

"당신과 나는 피를 나눈 형제입니다. 오늘 밤 저를 구해 주셔서 정말 감사합니다."

"그래, 넌 반다로그들과 달리 예의가 바르구나. 달이 지고 있으니 어서 정글로 돌아가거라. 나는 이곳에서 주린 배를 좀 채워야겠구나."

카가 남아서 원숭이들을 사냥하는 동안 모글리와 두 친구는 정글을 향해 달렸어요.

붉은 꽃

그 뒤 모글리는 정글의 법칙을 익히는 데 게으름을 피우지 않았어요. 시어칸은 여전히 모글리 주위를 맴돌고 있었어요. 젊은 늑대들에게도 먹을 것을 나누어 주면서 환심을 사고 꼬드겼지요. 점차 시어칸을 따르는 젊은 늑대들이 늘었어요.

바기라는 시어칸의 속셈을 알고 늘 주의를 주었어요.

"모글리, 시어칸을 조심해야 해. 아켈라도 더 이상 너를 보호해 줄 수 없어. 젊은 늑대들은 아켈라와 생각이 다르거든. 시어칸이 고기를 던져 주며 그들을 부추기고 있지."

"정글에서 내가 가시를 뽑아 주지 않은 늑대는 한 마리도 없어. 그들은 모두 내 형제들이야."

모글리의 말에 바기라는 슬픈 목소리로 말했어요.

"개구리 모글리, 넌 인간의 아이야. 그리고 언젠가는 인간들 틈으로 돌아가야 할 거야. 자칫하다간 총회에서 늑대 형제들에게 목숨을 잃을 수도 있어."

"내 형제들이 나를 죽인다는 말이야? 도대체 왜?"

모글리가 궁금한 눈빛으로 묻자, 바기라는 그 눈빛을 마주 바라보다가 이내 눈길을 돌리며 말했어요.

"네 눈빛 때문이야. 늑대 형제들은 너와 눈을 똑바로 마주칠 수가 없어. 심지어 나조차도. 인간의 눈빛에는 지혜가 들어 있기 때문이지."

바기라는 계속 이어서 말했어요.

"아켈라가 사냥에 실패하면 늑대들은 아켈라를 죽일 거야. 얼마 남지 않았어. 오늘 밤이라도……. 그래, 한 가지 방법이 있어.

모글리, 당장 마을로 내려가서 인간들의 '붉은 꽃'을 가져와. 붉은 꽃을 가져오면 너를 지킬 수 있어."

붉은 꽃은 '불'을 의미했어요.

"인간들이 해가 지면 마당에 내놓는 그 꽃? 당장 가져올게. 붉은 꽃으로 시어칸을 혼내 줄 거야."

모글리는 그길로 마을을 향해 달려 내려갔어요. 골짜기 아래에 이르자, 늑대들이 사냥하는 소리가 들려왔어요.

"아켈라! 고독한 늑대시여! 당신의 능력을 보여 주십시오!"

젊은 늑대들의 비웃음 섞인 목소리가 들렸어요. 사슴이 거칠게 숨을 내뱉는 소리도 들렸지요. 늑대들의 성화에 아켈라가 훌쩍 뛰어 오르는가 싶더니 곧이어 고통에 찬 비명을 내뱉었어요. 사슴이 앞발로 아켈라를 걷어찬 것이었어요.

"아켈라가 사냥에 실패했어."

모글리는 더 기다리지 않고 마을을 향해 힘껏 내달렸어요.

마을에 도착한 모글리는 창문을 통해 오두막 안을 살폈어요. 한 부인이 화로에 시커먼 석탄을 넣는 게 보였어요. 아침까지 숨을 죽이고 기다리던 모글리는 남자아이가 옹기에 빨갛게 달아오른 석탄을 담아 내오자 재빨리 빼앗아 산으로 내달렸어요.

그날 밤, 언덕 바위 위에서 총회가 열렸어요. 모글리는 무릎 사이에 옹기를 감추고 바기라 옆에 바짝 붙어 앉았어요. 아켈라는 늘 앉던 자리를 비워 두고 그 옆에 앉아 있었어요.

아켈라처럼 사냥에 실패한 대장을 늑대들은 '죽은 늑대'라 불렀어요. 아켈라가 힘없이 고개를 들고 말했어요.

"자유족 형제들이여, 내가 자유족의 대장으로 있는 동안 누구 하나 굶주리거나 덫에 걸린 일도 없었지만 어제저녁 나는 사슴 사냥에 실패했소. 나를 죽이는 건 이제 형제들의 손에 달렸소. 누가 나를 끝장내겠소? 자, 죽을 때까지 싸울 테니 누구든 덤비도록 하시오."

하지만 감히 아켈라와 싸우기를 원하는 늑대는 한 마리도 없었어요. 시어칸이 참지 못하고 소리쳤어요.

"아켈라는 이빨 빠진 늑대야. 어차피 죽을 텐데 굳이 싸울 필요가 있겠어? 문제는 저 인간이야. 모글리를 나에게 넘겨줘. 그렇지 않으면 앞으로 너희에게는 뼈다귀 하나 주지 않을 거야."

시어칸의 말에 젊은 늑대들이 소리를 질렀어요.

"그래, 인간의 아이가 우리랑 무슨 상관이야?"

그러자 아켈라가 몸을 일으키며 말했어요.

"정말 치욕스런 일이군. 모글리는 우리 형제란 걸 잊
었나? 절름발이 시어칸이 주는 썩은 고기를 먹고 자
유족의 명예까지 짐어던지다니! 나 아켈라가 자
유족의 명예를 걸고 말하겠소. 모글리를
건드리지 않고 돌려보내면 순

순히 내 목숨을 내놓겠소.”

하지만 젊은 늑대들은 더욱 사납게 으르렁거리며 시어칸 쪽
으로 모여들었어요.

상황을 지켜보던 바기라가 모글리에서 낮게 속삭였어
요.

“자, 모글리, 이제 네 차례야. 저들과 싸워야 해.”

모글리는 불이 담긴 옹기를 들고 자리에서 일어
섰어요. 겉모습은 차분했지만 마음속은 분노와
슬픔이 가득했어요.

“나는 죽는 순간까지 자유족으로 살길
바랐지만 오늘 밤 너희는 나를 인간이

라고 부르는구나. 너희가 원한다면 나도 더 이상 너희를 형제라 부르지 않겠어. 자, 인간 모글리가 너희가 두려워하는 붉은 꽃을 가져왔다!"

모글리는 이렇게 말하며 불이 든 옹기를 땅에 집어던졌어요. 빨간 석탄 덩어리들이 마른 덤불에 떨어져 활활 타올랐어요. 불을 본 늑대들은 두려움에 떨며 뒤로 물러섰지요. 모글리는 나뭇가지에 불을 붙인 뒤 빙빙 돌리며 젊은 늑대들을 위협했어요.

"나는 너희를 떠나 인간들에게 갈 거야. 하지만 인간들 틈에 살더라도 너희처럼 배신하지는 않을 거야. 참 떠나기 전에 갚을 빚이 하나 있구나."

모글리는 불꽃을 보고 겁을 잔뜩 집어먹은 시어칸에게 다가가 아래턱의 털을 세게 움켜쥐었어요.

"절름발이 시어칸, 나를 잡아먹지 못해 안달했지? 한 번만 나를 죽이라고 떠들어 봐. 그때는 네 목구멍에 이 붉은 꽃을 쑤셔 넣어 줄 테다! 그리고 한 가지 더 기억해 둬. 내가 다음번에 이 총회에 참석한다면 네 가죽을 두르고 올 거야."

모글리가 불붙은 나뭇가지로 머리를 툭툭 치자 시어칸은 벌벌 떨며 줄행랑을 쳤어요.

"아켈라는 지금부터 자유다. 누구라도 아켈라를 죽이려 했다가는 내가 가만두지 않을 거야."

모글리는 두려움에 떠는 젊은 늑대들을 돌아보며 말했어요. 그리고 활활 타오르는 나뭇가지를 돌리며 늑대들을 쫓았어요.

잠시 뒤 언덕 바위에는 모글리를 아끼던 열 마리 정도의 늑대들과 바기라, 발루만이 남았어요.

이별의 시간이 되자, 모글리는 엄마 늑대의 털에 얼굴을 묻고 눈물을 흘렸어요.

"모글리, 우리가 널 얼마나 아끼고 사랑했는지 기억하렴. 그리고 꼭 다시 정글로 돌아오렴."

"네, 꼭 돌아올게요."

모글리는 아빠 늑대와 엄마 늑대에게 작별 인사를 하고 동굴을 나섰어요.

정글을 떠나 마을로

새벽 동이 틀 무렵, 모글리는 넓은 평원을 가로질러 낯선 마을에 도착했어요. 마을 가까이 다가가자 모글리의 괴상한 모습을 보고 아이들이 소리를 지르며 달아났어요. 곧이어 마을 사람들이 우르르 몰려와 모글리를 보고 시끄럽게 떠들어 댔어요.

'예의를 모르는 인간들이야. 반다로그들과 똑같네.'

모글리는 얼굴을 찡그리며 생각했어요.

"정글에서 도망친 늑대 소년이 분명해요."

"쯧쯧, 얼마나 고생이 심했을까?"

"메수아, 와서 좀 봐요, 호랑이한테 잡혀간 당신 아이랑 닮지 않았어요?"

여인들이 호들갑스럽게 말했어요. 그러자 사람들 무리를 뚫고 한 여인이 나와 모글리를 찬찬히 살폈어요.

"어디 보자, 내 아들과 닮긴 했지만 잘 모르겠어요."

"메수아, 정글이 당신 아들을 돌려준 게 틀림없어요. 이 아이를 집으로 데려가 보살피세요."

사람들의 말에 메수아는 모글리를 집으로 데려갔어요.

"너는 정말로 내 아들 나투와 닮았구나. 그래, 이제 넌 내 아들이야. 이곳에서 지내렴."

메수아는 다정하고 따뜻한 여인이었어요. 그래서 모글리를 친

아들처럼 보살펴 주었지요. 하지만 인간들 속에서 적응하며 산다는 건 모글리에게 여간 어려운 일이 아니었어요. 난생처음 보는 음식을 먹고, 거추장스런 옷까지 입어야 했어요. 또 말을 알아듣지 못해 몹시 불편했어요.

'인간으로 살려면 인간의 말을 배워야겠어.'

모글리는 열심히 인간의 말을 익히기 시작했어요. 메수아가 단어를 한 개씩 알려 주며 말을 가르쳐 주었어요.

하지만 잠자리만큼은 적응할 수가 없었어요. 네모난 오두막의 모양이 덫처럼 보여서 통 잠이 오지 않았지요. 사람들이 모두 잠들자 모글리는 창문으로 빠져나와 들판으로 향했어요. 그리고 들판에 누워 눈을 감고 잠을 청했지요.

그때였어요. 부드럽고 축축한 코가 모글리의 턱을 건드렸어요. 늑대 형제 중 맏형인 '회색 늑대'였어요. 모글리는 벌떡 일어나 회색 늑대를 껴안았어요.

"여긴 어쩐 일이야? 정글에 무슨 일이 있어?"

"아니야. 한 가지 소식을 알려 주려고 왔어. 시어칸이 시오니 산을 떠났어. 붉은 꽃에 그을린 털이 다시 자라면 돌아오겠대."

"소식을 알려 줘서 고마워. 하지만 다음에는 와잉궁가 평원에 있는 대숲에서 만나자. 여긴 네게 위험해."

"그래, 모글리. 난 돌아갈게. 인간들 틈에 살더라도 네가 우리 형제라는 걸 잊지 마."

회색 늑대가 슬픈 눈빛으로 말했어요.

"잊지 않아. 절대로!"

모글리는 회색 늑대를 보내고 마을로 돌아왔어요.

그날 이후 모글리는 석 달 동안 인간으로 충실히 살았어요. 말을 더 많이 배우고, 쟁기질도 배웠지요. 마을 사람들은 모글리가 황소만큼 힘이 세다고 했어요. 정글에서는 항상 힘이 약하다는 소리를 들었는데, 인간들 속에서는 그 반대였지요. 마을 사람들은 모글리에게 물소 떼를 돌보는 일을 맡겼어요.

어느 날 저녁, 모글리는 무화과나무 밑에서 마을 장로와 이발사, 늙은 사냥꾼인 불데오가 나누는 이야기를 들었어요. 사냥꾼 불데오는 정글 동물들에 대해 신 나게 떠들었어요.

"메수아의 아이를 물어 간 호랑이에 대해 이야기해 줄까? 그 호랑이한테는 사실 사람의 혼이 붙어 있어. 몇 해 전에 죽은 절름발이 고리대금업자의 혼이 들어간 거야. 그래서 그 호랑이도 발을 절고 있지."

"그래, 나도 들은 적 있어."

사람들이 불데오의 말에 맞장구를 쳤어요. 하지만 모글리는 웃음을 참느라 애를 썼어요. 불데오가 말하는 호랑이가 바로 시어칸이었기 때문이지요. 불데오의 허풍이 점점 길어지자, 결국 모글리는 참지 못하고 입을 열었어요.

"겁쟁이 시어칸에게 사람의 혼이 들어갔다고요? 다 엉터리예요. 그 호랑이는 태어날 때부터 절름발이였어요."

창피를 당한 불데오가 화를 내며 벌떡 일어나자 마을 장로들이 말렸어요. 결국 모글리는 더는 참견하지 못하고 슬그머니 집으로 돌아올 수밖에 없었지요.

호랑이 사냥

다음 날 아침, 모글리는 물소 떼들을 와잉궁가 강이 있는 평원 끝으로 몰고 갔어요. 물소들이 풀을 뜯자, 모글리는 대숲으로 달려갔어요. 회색 늑대가 벌써 와서 기다리고 있었어요.

"왜 이제야 오는 거야? 며칠 동안 여기서 너를 기다렸어."

"미안해. 그래, 시어칸 소식은 없어?"

"잠시 왔다 갔어. 너를 찾고 있지. 여기에도 왔다 갔을 거야."

"그래? 그럼 이렇게 하자. 시어칸이 없을 때는 내가 볼 수 있게 네가 저 바위에 앉아 있어. 만약 시어칸이 돌아오면 평원 중앙에 있는 티크나무 옆 골짜기에서 나를 기다려."

모글리는 회색 늑대와 헤어진 뒤 어둑어둑 해가 저물자 물소 떼를 몰고 마을로 돌아왔지요.

다음 날부터 모글리는 평원을 가로질러 멀리 보이는 바위 위에 앉아 있는 회색 늑대를 보았어요. 그런 날이면 모글리는 안심을 하고 물소 떼를 몰거나 풀밭에 누워 잠을 잤어요.

그런데 며칠 뒤 바위 위에 회색 늑대가 보이지 않았어요. 모글리는 서둘러 티크나무 옆 골짜기로 물소 떼를 몰고 갔어요. 그곳에 회색 늑대가 기다리고 있었어요.

"시어칸이 돌아왔어. 새벽에 타바키를 만났는데, 오늘 밤 시어칸이 마을 입구에서 너를 기다릴 거래."

하지만 모글리는 태연한 목소리로 말했어요.

"나는 시어칸이 무섭지 않아. 지금쯤 많이 굶주려 있겠지?"

"아니야. 새벽에 돼지를 잡아서 먹고 물까지 잔뜩 마셨어. 지금은 와잉궁가 계곡에서 늘어지게 자고 있을 거야."

"어리석긴! 늘어지게 잘 때까지 내가 얌전히 기다릴 거라고 생각했나? 나한테 좋은 생각이 있어. 물소 떼를 끌고 와잉궁가 계곡으로 가서 시어칸을 덮칠 거야. 물소 떼를 둘로 나눠서 내가 한쪽을 몰고 계곡 위로 올라가겠어. 나머지 한쪽은 네가 계곡 아래에서 몰아서 시어칸을 막아."

모글리의 계획에 회색 늑대가 고개를 끄덕이며 말했어요.

"우리를 도와줄 협력자가 필요하겠지?"

회색 늑대는 재빨리 어디론가 달려가서 모글리도 잘 아는 늑대 한 마리를 데려왔어요. 바로 아켈라였어요.

모글리는 손뼉을 치며 아켈라를 반겼어요. 아켈라와 회색 늑대는 물소 떼 사이를 춤추듯 휘젓고 다니며 둘로 갈랐어요. 기세등등한 수컷들이 한쪽에, 새끼들을 가운데 둔 어미 물소들이 다른 한쪽에 서서 콧김을 내뿜었어요.

모글리는 물소의 등에 올라타며 말했어요.

"아켈라, 나와 물소들을 몰고 계곡 위로 가자. 회색 늑대는 나머지 물소들을 데리고 계곡 아래로 가."

아켈라가 짖어 대자 물소들이 내달리기 시작했어요. 회색 늑

대도 어미 물소와 새끼들을 몰고 뒤따랐어요.

계곡 입구에 다다르자, 모글리가 계곡 아래쪽을 향해 큰 소리로 외쳤어요.

"시어칸! 총회에 갈 시간이다. 어서 일어나!"

시어칸은 그 소리를 듣고 깜짝 놀라 잠을 깼어요.

"모글리? 이 생쥐 같은 녀석이 제 발로 나를 찾아온 건가?"

하지만 시어칸이 미처 상황을 판단하기도 전에 아켈라의 울음소리와 함께 물소 떼들이 계곡 아래로 곤두박질치듯 내달리기 시작했어요.

천둥소리처럼 울려 퍼지는 발굽 소리를 듣고 시어칸은 벌떡 일어나 계곡을 달려 내려갔어요. 기슭은 가파른 절벽 같아서 무조건 앞으로만 내달려야 했어요.

물소 떼는 시어칸을 바짝 쫓았어요. 그때 계곡 아래쪽에서 늑대의 울음소리가 길게 울리더니 또 다른 진동이 느껴졌어요.

"으악!"

시어칸은 비명을 지르며 급히 달리기를 멈추었어요. 계곡 아래쪽에서 어미 물소들이 무서운 속도로 올라오고 있었거든요. 기진맥진해진 시어칸은 방향을 틀어 달렸지만 거친 속도로 달려

오는 물소 떼에 그대로 깔리고 말았어요.

"워워!"

모글리는 급히 막대기를 휘저어 물소들을 평원으로 몰았어요. 평원에 도착하여 물소들이 달리기를 멈추자 모글리는 물소에서 뛰어내려 시어칸에게 달려갔어요. 물소 떼에 밟힌 시어칸은 이미 숨을 거둔 상태였어요.

모글리는 마을에 살면서부터 지니고 다니던 칼을 꺼내 시어칸의 가죽을 벗기기 시작했어요. 그때 누군가가 모글리의 어깨를 건드렸어요. 총을 든 사냥꾼 불데오였어요.

"어리석은 꼬마야, 당장 물러서라. 물소 떼를 달아나게 한 것을 눈감아 줄 테니 호랑이 가죽을 나한테 넘겨라!"

"이 호랑이는 제 거예요. 가죽은 넘겨줄 수 없어요."

"버르장머리 없는 녀석! 흠씬 두들겨 맞기 전에 냉큼 물러서!"

불데오는 금방이라도 채찍을 휘두를 태세였어요. 모글리는 손을 멈추지 않고 덤불에 숨어 있던 아켈라를 향해 말했어요.

"아켈라, 이 늙은 원숭이 좀 어떻게 해 줘요!"

그러자 아켈라가 번개처럼 달려 나와 불데오를 힘껏 밀어 발밑에 깔았어요.

'으악! 사람의 말을 따르는 늑대라니!'

불데오는 벌벌 떨며 말했어요.

"위대한 왕이시여! 제발 저를 살려 주세요!"

얼굴이 하얗게 변해 사정하는 불데오를 보고 모글리는 아켈라에게 풀어 주라는 신호를 보냈어요. 아켈라에게서 벗어난 불데오는 뒤도 돌아보지 않고 도망쳤어요.

해 질 녘 시어칸의 가죽을 겨우 다 벗긴 모글리는 아켈라에게 가죽을 맡기고, 물소 떼를 몰고 마을로 향했어요. 마을 입구에는 평소와 다르게 웅성웅성 사람들이 모여 있었어요. 마을 사람들은 모글리를 보더니 고함을 지르기 시작했어요.

"악마의 자식! 사악한 마법을 부리는 정글의 악령! 썩 꺼져!"

마을 사람들은 모글리를 향해 돌을 던졌어요. 불데오가 돌아와 모글리에 대해 요상한 소문을 퍼뜨린 것이었어요.

"이 늑대 새끼야, 어서 썩 꺼져!"

모글리는 몹시 슬펐어요. 정글에서는 인간이라서 쫓겨났는데, 인간 세계에서는 늑대라서 쫓겨나게 되었으니까요.

그때 사람들 틈에서 메수아가 달려 나왔어요.

"내 아들아, 넌 사악한 마법사가 아니란 걸 알아. 하지만 어서 도망가라. 여기 있다가는 돌에 맞아 죽을 거야."

메수아의 품에 안기자 모글리는 가슴이 뭉클해졌어요.

"메수아, 그동안 날 따뜻하게 보살펴 줘서 고마워요. 이제 나는 정글로 돌아가겠어요. 안녕히 계세요, 메수아."

잠시 뒤, 모글리는 물소 떼들을 마을로 들여보내고 쓸쓸히 뒤돌아섰어요. 몸을 숨기고 있던 아켈라가 가까이 다가왔어요.

"모글리, 슬퍼하지 말고 나와 함께 가자."

"아켈라, 나는 괜찮아요. 더 이상 덫에 갇혀 잠들지 않아도 되잖아요."

모글리는 시어칸의 가죽을 챙겨서 아켈라와 함께 정글로 향했어요.

달이 떠오를 무렵, 모글리는 자신이 자란 동굴에 다다랐어요. 비로소 집에 돌아온 것이었어요. 아빠 늑대와 엄마 늑대는 모글리를 따뜻하게 반겨 주었어요.

소식을 듣고 바기라와 발루도 달려왔어요. 바기라는 매끈한 몸을 모글리에게 비비며 말했어요.

"네가 없는 동안 정말 쓸쓸했어."

얼마 뒤, 총회가 열리는 언덕 바위에 늑대들이 하나둘 모여들

었어요. 모글리도 시어칸의 가죽을 들고 바위 위로 올라갔지요. 모글리가 아켈라가 늘 엎드려 있던 평평한 바위 위에 시어칸의 가죽을 펼치자 아켈라가 그 위에 앉았어요.

모글리가 벌떡 일어나 말했어요.

"보세요, 시어칸의 가죽이에요. 난 약속을 지켰어요. 이제 이 자리는 아켈라의 자리예요."

회색 늑대가 맞장구를 치듯 길게 울었어요.

"아켈라, 자유족을 다시 이끌어 주세요."

다른 늑대들도 호응하듯 외쳤어요. 젊은 늑대들은 시어칸의 꼬드김에 넘어갔던 지난 일을 후회했어요. 그렇게 모든 일이 해결되자 모글리가 다시 자리에서 일어나 말했어요.

"나는 자유족에게서도 쫓겨났고, 인간들에게서도 쫓겨났어요. 그래서 이제부터 자유족을 떠나 정글에서 혼자 살기로 결심했어요."

자유족을 떠나겠다는 모글리의 결심은 아무도 꺾을 수 없었어요. 그때 모글리와 함께 자란 늑대 형제들이 몸을 일으키며 말했어요.

"모글리, 우리가 너와 함께할게. 너는 혼자가 아니야."

"고마워, 형제들!"

이렇게 해서 모글리는 늑대 형제들과 시오니 산을 떠났어요. 낯선 정글에 보금자리를 새로 정하고 산다는 건 힘든 일이었지만 모글리는 외롭지 않았어요. 자신을 믿고 따르는 형제들이 함께했기 때문이지요.

부록

독후 활동

- 내용 확인하기

- 생각 나누기

- 신 나게 활동하기

- 생생 독후감

엄마와 함께하는 독후 활동

내용 확인하기

1. 늑대 총회에서 모글리를 늑대 무리와 함께 살게 해 주는 조건으로 발루와 바기라가 약속한 것인 무엇인가요?

예시 발루는 자신이 직접 모글리에게 정글의 법칙을 가르치겠다고 약속했고, 바기라는 자신이 잡은 황소를 내놓겠다고 약속했다.

2. 정글에서 살게 된 모글리는 발루에게 무엇 무엇을 배웠나요?

예시 모글리는 발루에게 숲의 법칙과 물의 법칙을 모두 배웠다. 벌집에서 꿀을 꺼낼 때 벌들에게 공손히 부탁하는 법과 물웅덩이에 뛰어들기 전에 물뱀에게 경고하는 법도 배웠다. 또 사냥족이나 새, 뱀과 같은 동물들의 말도 배웠다.

3. 발루에게 혼이 난 모글리에게 반다로그들이 찾아와 무엇이라고 꼬드겼나요?

예시 반다로그들은 모글리에게 나무 열매를 주면서 자기들과 피를 나눈 형제라고 했고, 모글리를 반다로그 무리의 대장으로 삼겠다고 했다.

4. 반다로그에게 납치된 모글리는 발루와 바기라에게 어떻게 소식을 전했나요?

> 【예시】 먹이를 찾기 위해 정글 위를 맴돌고 있는 솔개 칠을 급히 불러 발루와 바기라에게 자신이 어디로 잡혀가는지 알려 달라고 부탁했다.

5. 바기라와 발루가 비단구렁이 카를 찾아간 이유는 무엇인가요?

> 【예시】 반디로그에게 납치된 모글리를 구해 오기 위해 반다로그들이 가장 두려워하는 비단구렁이 카에게 도움을 청하러 갔다.

6. 바기라는 모글리에게 왜 인간들이 사는 마을에 가서 '붉은 꽃'을 가져오라고 했나요?

> 【예시】 시어칸이 모글리를 노리고 있는 데다 늑대 대장인 아켈라도 더 이상 모글리를 보호해 줄 수 없기 때문에 마을에 가서 정글 동물들이 두려워하는 붉은 꽃, 즉 불을 가져오라고 했다.

7. 젊은 늑대들과 힘을 합쳐 기세등등하던 시어칸은 왜 늑대 총회에서 줄행랑을 쳤나요?

예시 모글리가 인간 마을에서 가져온 불을 보고 겁을 집어먹었기 때문이다.

8. 모글리가 밤마다 들판에 나가서 잠을 잔 까닭은 무엇인가요?

예시 네모난 오두막의 모양이 마치 인간들이 만든 덫처럼 보여서 통 잠이 오지 않았기 때문이다.

9. 회색 늑대와 모글리는 시어칸이 다시 찾아오면 어떻게 해서 신호를 주기로 했나요?

예시 평원을 가로질러 멀리 보이는 바위 위에 회색 늑대가 앉아 있으면 시어칸이 돌아오지 않았다는 신호고, 회색 늑대가 보이지 않으면 시어칸이 돌아왔다는 신호로 삼기로 했다.

10. 시어칸이 모글리를 해치기 위해 돌아왔다는 소식에 모글리가 먼저 시어칸을 공격했어요. 모글리는 어떻게 시어칸을 무찔렀나요?

> **예시** 시어칸이 계곡에서 늘어지게 자고 있을 때 모글리와 아켈라는 수컷 물소들을 데리고 계곡 위쪽에서 내려가고, 회색 늑대는 어미 물소와 새끼 물소들을 데리고 계곡 아래에서 동시에 올라가 시어칸을 꼼짝 못하게 가두었다. 결국 시어칸은 도망치지 못하고 물소 떼에 밟혀 죽고 말았다.

11. 모글리와 아켈라에게 혼쭐이 난 불데오는 마을 사람들에게 무엇이라고 거짓말을 했나요?

> **예시** 모글리가 요사스러운 마법을 부리는 정글의 악령이라고 요상한 소문을 퍼뜨렸다.

1. 모글리는 정글에서 동물들과 어울려 지냈어요. 인간인 모글리가 정글에 살 때 좋은 점과 나쁜 점은 무엇인지 생각해 보세요.

2. 발루에게 야단을 맞은 모글리는 반다로그들의 꼬드김에 넘어가 마음이 들떴어요. 모글리에게 충고하고 싶은 말을 생각해 보세요.

3. 마을로 내려온 늑대 소년 모글리는 인간들의 생활에 적응하며 살아야 했어요. 자유롭게 살던 모글리가 인간 세계에서 살게 되었을 때 무엇이 가장 불편하고 답답할지 생각해 보세요.

4. 모글리처럼 동물들과 정글에 살게 된다면 어떤 일들을 하고 싶은지 생각해 보세요.

5. 모글리에게는 어떤 경우에도 믿고 따르는 친구들이 있었어요. 나에게도 그런 친구들이 있다면 소개해 보세요.

• 엄마와 함께 종이 가방을 이용해 <정글 북>에 등장하는 동물 친구
들 가면을 만들어 재미있는 놀이를 해 보아요.

• 준비물: 얼굴이 들어가는 적당한 크기의 종이 가방, 가위, 크레
파스나 매직, 색종이, 풀

• 만드는 방법

① 종이 가방으로 어떤 가면을 만들지 결정해요.

② 손잡이는 자르고 얼굴에 썼을 때 눈이 보일 자리에 구멍을 뚫
어 주어요.

③ 각자 원하는 동물 가면을 만들어요. 모글리, 발루, 바기라, 시
어칸, 아켈라 등

④ 각자 만든 가면을 쓰고 역할 놀이를 해 보아요.

● 엄마와 함께 동물 가면을 쓰고 사진으로 찍어 남겨 보세요. 멋진 추억으로 기억되면 좋겠죠?

• <정글 북>에 등장하는 친구들 중 마음에 드는 친구 한 명을 골라
내가 살고 있는 집으로 초대해 보세요.

초대하고 싶은 친구

함께 하고 싶은 일

함께 가 보고 싶은 곳

대접하고 싶은 음식

● <정글 북>을 재미있게 읽었나요? 오래오래 기억에 남을 수 있도록
독서 기록장을 정리해 보세요.

책 제목

지은이

읽은 날짜   년   월   일 ~   년   월   일

등장인물

줄거리

느낀 점

〈정글 북〉을 읽고

내가 모글리처럼 동물의 말을 할 수 있다면 정말 신기할 것이다. 가장 먼저 해 보고 싶은 말은 모기의 말이다. 여름만 되면 날 마구 물어 대는데, 왜 자꾸 날 무느냐고 물어보고 싶다. 그다음은 강아지와 말을 하고 싶다. 할아버지 댁에는 강아지가 있어서 꼭 대화해 보고 싶다.

이 책에는 모글리, 시어칸, 아켈라, 바기라 등이 나온다. 모글리는 개구리라는 뜻을 가진 이름이다. 시어칸은 사악한 호랑이다. 아켈라는 늑대들의 우두머리다. 발루는 늑대 회의에 참석할 수 있는 유일한 곰이고, 바기라는 검은 표범이다. 늑대 소년 모글리는 지혜와 용기로 시어칸을 죽이고 아켈라를 왕으로 만들어 주었다.

가장 가슴 아팠던 장면을 3가지 꼽자면 3위는 모글리가 시어칸에게 넘겨지려고 할 때이다. 2위는 아켈라가 대장의 자리에서 물러날 때이다. 영광의 1위는 모글리가 정글을 떠날 때이다. 나는 〈정글 북2〉를 쓰고 싶다. 뱀족의 대왕이 된 모글리가 사악한 초대형 개미를 무찌르는 이야기다. 처음에는 친구들을 잃고 힘들어하다가 마침내 승리하는 이야기다. 장소는 아마존을 배경으로 하고 싶다.

서울 원촌초등학교 반민규